蓝旋律

李根华 ◇ 著

山外白云缥缈
山头红日矜持
几回同我结相知
鸟作传音青使
石径清幽如梦
柳条柔嫩如丝
一轮明月一湖诗
永葆空灵文字

安徽师范大学出版社
·芜湖·

图书在版编目(CIP)数据

蓝旋律 / 李根华著. —芜湖:安徽师范大学出版社,2019.12
ISBN 978-7-5676-4465-6

Ⅰ.①蓝… Ⅱ.①李… Ⅲ.①诗词 – 作品集 – 中国 – 当代 Ⅳ.①I227

中国版本图书馆CIP数据核字(2019)第276566号

蓝旋律 　　　　李根华◇著

责任编辑:辛新新　　　责任校对:刘　佳
装帧设计:张　玲　　　责任印制:桑国磊
出版发行:安徽师范大学出版社
　　　　　芜湖市九华南路189号安徽师范大学花津校区　邮政编码:241002
网　　　址:http://www.ahnupress.com/
发 行 部:0553-3883578　5910327　5910310(传真）E-mail:asdcbsfxb@126.com
印　　　刷:江苏凤凰数码印务有限公司
版　　　次:2019年12月第1版
印　　　次:2019年12月第1次印刷
规　　　格:700 mm × 1000 mm　　1/16
印　　　张:15.5
字　　　数:230千字
书　　　号:ISBN 978-7-5676-4465-6
定　　　价:45.80元

序

　　李根华先生的诗集《蓝旋律》即将付梓，嘱我作序，令我大吃一惊。根华先生与我算是忘年之交。从年龄上说，他属于我孩子的一辈；从才学上说，他又是我的老师。他是一个有思想、有才华、有个性、爱读书、爱思考的人，我非常喜爱他的诗作，更崇敬他的人品和才华。为之作序，虽词难达意，却是我学习的好机会，故勉力而为之，亦乐而为之。

　　根华先生是中华诗词学会会员，安徽省诗词学会理事，《安徽吟坛》"熙湖风韵"栏目编辑，安庆市诗词学会理事，原太湖县地方税务局诗词学会会刊《地税风》执行编辑，曾任太湖县诗词学会副会长。其诗作水平，在我们太湖县诗词界，很少有人能出其右；在省内外诗词界，众多名家也对其刮目相看，赞誉有加；在全国诸多诗词大奖赛中，他屡屡获奖，是一位名副其实的诗人（兼词人）。他多才多艺，不仅能诗能词能文，擅书法，评诗和编辑诗亦是行家，他为石必成先生编辑的诗集《烛光谣》广受好评。2006年，他才三十出头，就著书立说，所著《税政工作文集》洋洋洒洒二十万言，全面展现了他的工作实绩和聪明才智，足见他有多么优秀。

　　李根华先生的诗作，题材广泛，形式活泼，体裁多种多样。日常工作、山水风光、朋友唱和、观今怀古等，信手拈来，皆成佳作。捧读他的诗稿，我爱不释手。他的诗作总能别开生面、独具匠心，就连他的诗集取名也含义深远，发人深思。

诗集名曰《蓝旋律》。诗人告诉我，取这个名有三层意思：其一，"蓝"是天之蓝，暗合浩瀚的蓝天，体现了他对美好事物的追求与向往；其二，"蓝"是税务蓝，取自其所从事的税务工作所着服装的色彩，象征着他对本职工作的执着热爱；其三，"蓝"取于"青出于蓝而胜于蓝"，他希望有更多的人爱诗、学诗、写诗。此三层用意，正可谓用心良苦！

旋律亦称曲调，是音乐的基本要素，是经过艺术构思而形成的若干乐音的有组织、有节奏的和谐运动。诗人深谙诗词创作，讲究音律美和节奏美。《蓝旋律》则是把丰富的思想内涵和完美的艺术形式有机结合的统一体。其含义之深邃，令人拍手叫好！

品味先生诗作，就思想层面来说，一条红线贯穿始终，那就是"爱"。

其一，爱党爱国。"万紫千红拥一门，祖先住老惠民村。昔年君贵非民贵，今日天恩是党恩。德政花开新社会，文明旗卷锦乾坤。农家幸有镰和斧，斩断贫根绝病根。"（《家乡春韵》）脉脉深情，流于肺腑。"大纛飘飘插井冈，朱毛会合不寻常。一根扁担挑平等，八角油灯亮主张。热血殷殷红土壤，群山莽莽绿汪洋。回看古木参天立，叶叶长留日月光。"（《井冈山》）寥寥数语，扣人心弦。"取义成仁赴国殇，一腔碧血洒疆场。生经白刃头颅贵，死盖红旗骨节香。但有灵魂垂不朽，纵无名姓又何妨。丰碑半在人心里，半在青山做脊梁。"（《瞻仰抗日无名烈士碑作》）诗人通过对伟人的怀念和对烈士的凭吊，表达了对国家和民族的无限热爱。赤子之心，跃然纸上。

其二，爱家乡爱人民。诗人倾情家乡的自然风光，赞美家乡的飞速发展，字里行间，寄托着对家乡的无限深情。请看《禅源太湖赞》："极目南楼画卷长，故园无处不风光。山凭鸟语联高铁，水托渔舟载小康。万顷平湖云点染，千年古寺客徜徉。禅茶自有禅滋味，莫问闲来莫问忙。"《西江月·湖外湖一日》："山外白云缥缈，山头红日矜持。几回同我结相知，鸟作传音青使。　石径清幽如梦，柳条柔嫩如丝。一轮明月一湖诗，水蕴空灵文字。"

生活在社会最基层的农民，特别是农家妇女的生活也常凝于诗人的笔端。"能粗能细会持家，又顾收成又顾娃。为缓墒情浇菜水，小孩丢在地沟爬。""山光错落影横斜，小巷炊烟八九家。女客今为山上主，晨迎日出晚披霞。"（《留守妇女》）一位勤劳能干，又有些无奈的农家妇女的日常生活鲜活地展现在我们眼前。诗人所表现的是赞美和同情，流露的是一颗爱心。

其三，爱学习爱工作。诗人把对党、对国家、对人民的爱，体现在学习、工作的日常里，落实到具体的行为实践中。"早趁年华磨铁杵，不耽时日过轻舟。""深山踏遍峰三百，旷野行穷路八千。""心头税事同家事，足底晴天复雨天。"他不仅是这样写的，也是这样做的，这也是我对诗人特别佩服之处。

其四，寓爱于讽。古人云："论礼有五，谏讽为上。"（《汉书·李云传》）社会是纷繁复杂的，有鲜花和阳光，也有荆棘和灰暗。面对社会上的一些不良现象，诗人给予了有力的鞭挞和耐心的规劝。在《反腐杂咏呈石必成校长》组诗中，我们就看到诗人对送礼求官等不良行为进行了无情的讽刺。"前程无限送当先，腊月初三就拜年。不论年前与年后，胜于祖上大于天。"又如《"湖外湖"即景》："湖外湖边好纳凉，新鲜事物一桩桩。豪车不走寻常路，改道温柔幸福乡。"诗人把这些现象记录下来，呈现给读者，就是希望社会更加和谐，人们的行为习惯更加文明，心灵更加纯洁。

就艺术层面来说，李根华先生的诗作，清新流畅，乍看起来，明白如话，通俗易懂。细细咀嚼，即见新奇。我个人认为有以下几个特点：

第一，"以功力造平淡，于精炼处见自然"是作品的一大特色。用诗人自己的话说，就是"佳作常如顺口溜"，"上来步步皆辛苦，下去层层是落差。莫若随缘平处坐，半如松树半如花"，"非凡每与平凡共，无限长存有限中"，"丰碑应自口碑立，面子休从票子来"，"南楼纵有书千卷，不及随身笔一支"。这些诗句读起来，既朗朗上口，又寓含深意。

第二，"寓情于景，情景交融"是作品的又一大特色。一首诗，能否感染人，打动人，不取决于辞藻是否华丽典雅，而要看其是否情景交融，意境深邃，给人以启迪，使人受到熏陶。我读李根华先生的诗作，就有这种被感染、受熏陶的感受，用王国维大师的话说，就是"有境界"。如《花亭湖》："一湖烟景半湖春，绰约多姿叹绝伦。水有风情山有骨，红无俗气绿无尘。溪流梦里鱼游静，鸟语声中客顾频。仙境游来疑幻境，天光云影醉心神。"美丽的花亭湖在诗人笔下人格化了，成了一位有风情、有骨气、高雅脱俗的人间仙子，不仅可以与"淡妆浓抹总相宜"的西子相媲美，其神情和状态甚至可以说有过之而无不及。又如《熙湖赏莲有寄》"万顷波光万顷莲，绿云盖地欲铺天。几疑梦境融诗境，直觉荷田入砚田。不染不妖凝正气，非枝非蔓领中坚。清风漾起清廉韵，散作金湖德政篇。"典雅高洁的莲花，在粼粼湖水里不妖不蔓，如诗如梦，昂然挺立，坚贞不拔，这不正是共产党人所推行的反腐倡廉、弘扬德政的正气篇吗？

我们伟大的祖国山河壮丽，历朝历代留下了无数精美的篇章。诗人写景，借景抒情；诗人抒情，寓情于景，发人深思。如《黄河石林》："鬼斧神工石，千姿百态林。峰回沟曲曲，壁立剑森森。风雨难移志，炎凉不变心。黄河从此去，一路有知音。"《黄鹤楼怀李白》："谪仙心事几人知，伫立楼头望眼痴。如此江流如此月，为何搁笔不题诗？"

第三，善用形象思维，把抽象的事物形象化。诗人对此有专诗论述："诗中百法任君挑，形象思维第一条。花事托辞圆月好，苗条但看水蛇腰。"（《听石校长讲授形象思维》）"稻熟时分金失色，桂香村落月含羞。"（《新仓秋韵》）"光影参差皆水墨，竹排摇曳半鸬鹚。"（《游漓江》）"淡淡花香春暖日，斑斑竹影月明时。"（《和谐村寨》）这些如此令人陶醉的佳句在诗集中不胜枚举。

至于炼字谋篇，我们从其诗作中就可以看出，诗人是剪裁之巧匠，缝制之大师。其诗作对仗之工整，下字之准确，布局之精到，起承转合之自然，令人赞叹。

我在太湖县诗词学会工作多年，收到不少包括《中华诗词》在内的诗词专辑，赏读过其中的一些作品，两相比较，我认为，李根华先生的作品确属上乘之作。当然，由于诗人是一位繁忙的公职人员，诗词创作只是在业余时间撷起工作和生活中的浪花，少数作品不可避免尚需打磨。

《蓝旋律》的出版问世，为美丽的花亭湖增添了一颗璀璨的明珠，为江淮大地的诗词文化百花园增添了一朵绚丽夺目的鲜花，为太湖县"诗词之乡"创造了一笔宝贵的精神财富。希望诗人再接再厉，创作出更多更美的诗篇，为传承和发展中华民族的优秀传统文化做出更大的贡献！

方加法

二〇一九年一月十二日

目录

卷一 诗·七绝

〇〇三 咏春四叠韵
〇〇四 清明节回乡
〇〇五 植树节随感
〇〇六 过五羊畈
〇〇七 野游午餐微醉
〇〇八 西风禅寺石级观游客上下
〇〇九 遇农民卖兰花
〇一〇 暮春观景
〇一一 乡村茶馆
〇一二 夏日杂咏
〇一六 居家小唱
〇一七 反腐杂咏呈石必成校长
〇二〇 四季税事
〇二一 女税官换新装赞
〇二二 学诗有感
〇二三 听石校长讲授诗词格律
〇二四 听石校长讲授形象思维
〇二五 大石采风赠友

〇二六　作诗偶感

〇二八　笔会抒怀

〇二九　读诗

〇三〇　造访西部论坛有作

〇三一　茶室与友诵大风歌得句

〇三二　次韵铜人君咏菊

〇三四　游花亭湖景区

〇三六　六尺巷怀古

〇三七　文庙拜孔子

〇三八　巢湖游

〇三九　香茗山野营

〇四〇　珠珊湖偶成

〇四一　雨中游庐山

〇四二　九龙洞

〇四三　朱湘故里百草林留影

〇四四　黄鹤楼怀李白

〇四五　百里（镇）石拱桥

〇四六　长城

〇四七　蔡家畈古民居纪行

〇四九　卢沟桥事变七十八周年感怀

〇五一　志愿军夜战

〇五二　怀宁人物

目录

卷二 诗·五绝

工薪人家 〇五四
卧室吟 〇五五
品屈吴禅酒 〇五六
秋晴 〇五七
咏月 〇五八
庚寅中秋云转雨 〇五九
观友人作画 〇六〇
题照 〇六一
幸福家庭 〇六二
初恋女孩 〇六三
无题 〇六四
咏梅兼寄 〇六五
雪梅 〇六六
嫦娥 〇六七
驴友 〇六八
咏犁 〇六九

次韵谢吴老谬赞 〇七三
赠根华挚友 〇七五
咏开水瓶 〇七七

○七八　电梯

○七九　儿时上学

○八○　秋兴

○八一　乡村记事

○八二　诗咏『两学一做』

卷三　诗·七律

○八七　花亭湖

○八八　过西风禅寺登观湖楼

○八九　禅源太湖赞

○九○　金湖赏莲

○九一　登高

○九二　新仓秋韵

○九三　家乡春韵

○九五　家山秋韵

○九六　三千寨太平天国遗址

○九七　游狮子山

○九八　游漓江

○九九　井冈山

一○○　游韭山洞

一○一　南京明城墙

目　录

南京明城墙申遗有寄 　一〇二

桃花 　一〇三

邮票 　一〇四

都匀毛尖茶 　一〇五

靖州杨梅 　一〇六

桃林酒 　一〇七

香溪书院 　一〇八

刘三姐故里赞 　一〇九

和谐村寨 　一一〇

山村偶成 　一一一

美丽乡村 　一一二

咏孝 　一一三

象棋 　一一四

吊屈原 　一一五

怀恽代英 　一一六

咏郑板桥 　一一七

赞农业示范园园主 　一一八

空巢老人 　一一九

孝媳 　一二〇

题照 　一二一

瞻仰抗日无名烈士碑作 　一二二

旧生育观念之批判 　一二三

写讽喻诗 …… 一二四
建党93周年暨抗战胜利69周年感赋 …… 一二五
甲午海战一百二十周年感赋 …… 一二六
从税二十年忆一线征管岁月 …… 一二七
国家废止农业税感赋 …… 一二八
响水建县五十周年有寄 …… 一二九
惠民村部大楼竣工有作 …… 一三〇
参观太湖石姓始祖墓 …… 一三一
旅行看人口与生态 …… 一三二
七夕 …… 一三三
饮国窖1573 …… 一三四
次韵《做人难》赠友 …… 一三五
次韵吴老陪诗友游泊湖 …… 一三六
次韵读《不言禄集》抒怀 …… 一三七
重来苗石赠吕老 …… 一三八
和铜人君咏梅 …… 一三九
次韵陆老省诗词学会换届作 …… 一四〇
次韵吴义恒先生致地税局 …… 一四一
赠友 …… 一四二
和某友《无题》 …… 一四三
和郑永铃先生咏马 …… 一四四
建党93周年赠友 …… 一四五

目　录

一六　　读何大胜先生《逸兴集》并赠

一七　　赠林业人

一八　　呈老寿星冯炳南先生

一九　　贺吴老八十大寿

一〇五〇　　贺詹乐元先生光荣退休

五一　　贺吕兄五十生日

五二　　贺苗石诗社成立

五三　　贺华兴公学诗词学会成立

五四　　遇故友置酒忆从前山乡豪饮岁月

五五　　探望老师归来

五六　　赞导游

五七　　人武部扶贫助学赞

五八　　兔年春训会抒怀

五九　　秋兴

一六〇　　怀范仲淹

一六一　　忆师

一六二　　述怀

一六三　　自警

一六四　　自励

一六五　　寄怀

一六六　　癸巳春日抒怀

一六七　　咏黄梅戏兼贺第六届艺术节

一六八　凤阳行
一六九　中秋望月
一七〇　次韵唐佳安徽诗词五代会即兴
一七一　次韵友人藏头诗
一七二　读聂君诗感赋

卷四　诗·五律

一七五　游香茗山
一七六　西风寺赠山僧
一七七　从情人岛到博士岛
一七七　黄河石林
一七八　鄱阳湖莲
一七九　咏屈吴山
一八〇　咏向日葵
一八一　咏佛子岭水库
一八二　游岳西睡佛山
一八三　咏　柳
一八四　咏贵宾宴酒
一八五　洪泽县建县六十年有寄
一八六　《白银日报》创刊三十年有寄
一八七　长征胜利八十周年有作
一八八

目　录

一八九　李文朝到皖考察验收感赋

一九〇　禁毒有感

一九一　林则徐赞

一九二　咏王力

一九三　开春寄友

一九四　甲午国庆

一九五　无为县怀戴安澜将军

一九六　乙未之春

一九七　三八节有作

一九八　清明节进山

一九九　中元节

二〇〇　留守女自述之一

二〇一　留守女自述之二

二〇二　诗酒人生之一

二〇三　诗酒人生之二

二〇四　次韵吴老

二〇五　答兰室清风

二〇六　自励

卷五　词

二〇九　满江红·龙潭古寨行
二一〇　满江红·纪念建党93周年暨抗战胜利69周年
二一一　水调歌头·印象牛镇
二一二　高阳台·怀人
二一三　南乡一剪梅·赴亳州参加全省诗词工作会议
二一四　临江仙·牛镇行
二一五　临江仙·鑫福嘉园养老产业赞
二一六　临江仙·次韵陆世全先生
二一七　鹧鸪天·游大别山映山红生态大观园
二一八　西江月·湖外湖一日
二一九　西江月·寄友
二二〇　西江月·千菊茶庄饮菊
二二一　西江月·漾鼻核桃
二二二　卜算子·爱莲说
二二三　卜算子·酒
二二四　浣溪沙·次韵郑永铃先生
二二五　浣溪沙·弈棋
二二六　浣溪沙·填词
二二七　丑奴儿·相逢
二二八　巫山一段云·过徐桥古镇游杨泗寺

卷一·诗·七绝

咏春四叠韵

青青草地数枝花，浅绿深红色叠加。
绿作佳肴红作酒，春风宴客最奢华。

青青草地数枝花，浅绿深红色叠加。
绿是诗来红是酒，半诗半酒趁年华。

青青草地数枝花，浅绿深红色叠加。
造物犹怜红配绿，世人何故踏芳华？

青青草地数枝花，浅绿深红色叠加。
为爱深红还爱绿，年年对雪盼春华。

清明节回乡

一

闲来也学放牛伢，赤脚田头戏菜花。
先在花丛留个影，再淘野菜带回家。

二

清明缓步出城东，祭祖无妨我采风。
但看花黄杨柳绿，儿童闯入镜头中。

三

清明照例住农家，袅袅炊烟绘岁华。
午后消停寻故友，夜来围坐吃新茶。

四

清明日里做清明，无雨无风却有晴。
旧冢新坟皆默默，但闻爆竹一声声。

植树节随感

一

莺飞草长百花开，岁岁年年节自来。
脚下荒山还照旧，手中苗木盼成材。

二

今天植树弃双休，未觉劳烦未觉愁。
唯望荒山都变绿，春光长驻水长流。

三

绿水绿山功赫赫，防灾防火路迢迢。
不闻北岭多梁栋，却看西山被火烧。

四

男来植树女陪伢，树木树人还树家。
大小山头皆锦绣，东西庭院发春华。

过五羊畈

五羊畈上好风光，引得多情拍照忙。
柳色连同春色绿，心花幻作菜花黄。

野游午餐微醉

乘兴游来逸兴浓，树丛深处隐花丛。
阳光融进心田绿，美酒催开笑靥红。

西风禅寺石级观游客上下

上来步步皆辛苦，下去层层是落差。
莫若随缘平处坐，半如松树半如花。

遇农民卖兰花

生在深山带露鲜，一人叫卖众人怜。
不知尘世污难净，惹得清香涨价钱。

暮春观景

羞涩存心弃美人，无边景致逐时新。

秋波一借春风送，多少花枝不避尘？

乡村茶馆

一盏清茶聚四邻，论今谈古往来频。
壶中岁月千般事，半是清官半是民。

夏日杂咏

无　题

眼前风雨乱纷纷，半是扬尘半涤尘。
一念但求人谤我，三思无碍我容人。

华发早生

一头乌黑渐霜华，欲托流云诉晚霞。
记得当年花羡我，谁知今日我怜花。

公事场中

公事场中语不添，时人谬赞口风严。
花因吐蕊招风妒，鸟为鸣平惹众嫌。

宵夜醉酒

水流雾蔓月朦朦，又醉东门桥洞中。
痛饮偏贪陈酿酒，纳凉唯爱自然风。

假日事农

非是能闲不放闲，泥土芳香醉心颜。
农家子弟知农事，汗在桑田乐在天。

农忙怀旧

又是农忙五月天，插秧割麦似当年。
隔窗遥见手儿痒，几欲停车下水田。

车上观书

莫言车小无他物，出入常携一本书。
但得闲暇翻几页，天南地北不空虚。

驾车心得

车多路窄赖心宁，且把崎岖当作平。
未会车时先靠右，放宽来路与人行。

梦里花开

当年路转峰回处，梦里一枝沾露开。
丰骨疑从霜雪出，暗香浑似鸟衔来。

咏栀子花

扑鼻香浓堪比桂，清心素雅恰如梅。
姣姣不与红争艳，脉脉还留绿作陪。

吟诵古诗

日高蝉噪柳低枝，正值昏昏欲睡时。
一服凉茶心早定，再吟佳制转为痴。

消防战士赞

消防战士不寻常，最是警容风纪强。
挥展云车天作雨，水花直欲湿骄阳。

"湖外湖"即景

一

湖外湖边好纳凉，新鲜事物一桩桩。
豪车不走寻常路，改道温柔幸福乡。

二

日落人闲月未斜，山披雾霭水披纱。
张张桌椅张张脸，都有轻烟薄暮遮。

留守妇女

一

能粗能细会持家，又顾收成又顾娃。
为缓墒情浇菜水，小孩丢在地沟爬。

二

山光错落影横斜，小巷炊烟八九家。
女客今为山上主，晨迎日出晚披霞。

城郊散步

一

夏日消闲趁晚凉，诱人还是菜根香。

胡椒茄子和豇豆，迎在来回路两旁。

二

清风结伴过溪桥，小树随风把手招。

树也轻松人也爽，一舒枝干一伸腰。

上网聊天

昵称改作李寻欢，网上交流日渐难。

我欲闲聊人不识，无端打入黑名单。

保护伞

能伸能屈复能狂，小伞撑天罩一方。

内有钢筋连铁骨，外披云彩做衣裳。

居家小唱

一

风送松阴入午庭，西山翠色滴窗棂。
推窗借得山常绿，好种菩提叶叶青。

二

打理阳台四体勤，又能健脑又舒筋。
湖山扮作盆中景，点缀心情胜美文。

三

身无长物人无虑，家有贤妻夏有凉。
素手端杯溶月色，时光入口变茶香。

四

踏幽不觉暮云斜，一路蛙鸣未见蛙。
野色相随虫过夜，春声犹自带回家。

反腐杂咏呈石必成校长

一

得道人家似戏台，青衣小丑适时来。
寻常袖手还伸手，些小天牌压地牌。

二

是是非非非亦是，真真假假假犹真。
清言每出贪官口，驷马常乘缺德人。

三

小车密密欲成林，困锁长街酒店门。
哪个埋单谁是客？油头粉面一群人。

四

上头打点下头粘，西舍东邻把手牵。
交错纵横人织网，勾连万万又千千。

五

前门敞亮后门开，坐等严寒送暖来。
佳客先于年节至，摇钱树为子孙栽。

六

前程无限送当先，腊月初三就拜年。
不论年前与年后，胜于祖上大于天。

七

一家更比一家高，美酒香烟变现钞。
只有清风还故我，拜年依旧背糖包。

八

政绩工程究可哀，贪名之恶赛贪财。
丰碑应自口碑立，面子休从票子来。

九

手头报纸不离分，嘴上清廉说得勤。
双面容颜营狗党，十分邪恶入狐群。

十

誓言接二又连三，身后留名不姓贪。
事发东窗浑未觉，青云路上梦犹酣。

十 一

清官切莫比清风，风有影时吏遁踪。
天上人间寻个遍，原来都在戏文中。

十 二

戏里清官黑脸多，卸妆之后又如何？
君今且向前台看，素面难堪岁月磨。

十 三

青云路上梦犹酣，屡屡升迁尽美谈。
汝做将军人亦做，不如人处是贪婪。

四季税事

春季轮岗

翦翦春寒税事忙，旁人换岗我如常。

知交始约茶相待，俗客还催上酒场。

夏季上街

夏日炎炎税事忙，穿街走巷湿衣裳。

空调室内无聊客，坐享清凉望艳阳。

秋季考试

习习秋风税事忙，全员考试趁天凉。

中年发奋争先进，一夜霜浓菊更黄。

冬季进山

岁暮冬残税事忙，无端惹得朔风狂。

深山积雪车难进，旧梦新程脚丈量。

女税官换新装赞

办税厅中看女流，临风玉树笑抬头。

徽章闪耀仪容整，半掩苗条半掩羞。

学诗有感

一

一树梅花一树诗，夜吟唯恐熟人知。
无端惹恼窗前月，不照南枝照北枝。

二

不会吟诗就学诗，终生学习莫疑迟。
南楼纵有书千卷，不及随身笔一支。

听石校长讲授诗词格律

古调而今孰可弹？欲深欲浅两为难。

忽闻席上歌声起，顿觉春风发杏坛。

听石校长讲授形象思维

诗中百法任君挑，形象思维第一条。

花事托辞圆月好，苗条但看水蛇腰。

大石采风赠友

往日吟兰兰正茂，今朝赋菊菊先开。
农家院落多诗味，都是清风吹进来。

作诗偶感

一

莫道中年发渐松，文心点点付雕龙。
诗成即是开心事，不用花钱买笑容。

二

诗心自古出凡心，敲击能闻金石音。
低唱结缘千纸鹤，高谈托付七弦琴。

三

清水芙蓉兀自求，村言俚语也风流。
美人多似邻家妹，佳作常如顺口溜。

四

一句诗成满座惊，泥糊腿子有精英。
人嫌草帽亲纱帽，我爱无名胜著名。

五

三年两句久伤神，一则怡情悦本真。
语出平泉唯望险，棋行旧局每求新。

笔会抒怀

一

语不惊人誓不休，一从诗圣著千秋。
吾人非圣情非短，笔下弦歌处处讴。

二

他咏花来我咏花，几曾笔底吐芳华？
君今写在红唇上，吻出蓝天一缕霞。

读　诗

怡红快绿纵情收，一卷芳华一字秋。
佳句总缘心上记，美人何故梦中留。

造访西部论坛有作

人生快乐并无他，西部论坛充作家。

只为可人何版主，经常向我送鲜花。

茶室与友诵大风歌得句

小聚茶楼唱大风，茶香四溢友情浓。
修为取道无为境，得意游离刻意中。

次韵铜人君咏菊

一

春风夏雨莫心伤，嫁与秋霜只为凉。
松竹不知寒亦暖，多情编织挡风墙。

二

早知浓艳隔心墙，雪伴梅花我占霜。
不与荷花争炽热，清秋正是好时光。

三

问讯郊原逆顺风，吹枝捧叶可由衷？
一抔黄土埋香骨，始识花雄胜鬼雄。

四

应笑江湖私废公，华容道上放枭雄。
虽然带尽黄金甲，未见眉扬剑气冲。

五

不羡春光不逐流，不图富贵不怀柔。

痴心只待干枯后，留得精神做枕头。

六

风中摇曳是心香，月下相逢凛若霜。

风自怡情花会意，相随明月照寒江。

七

霜冷篱疏石径长，山南山北菊花黄。

陶公住在山腰上，饮酒吟诗晒太阳。

八

几度春来几度秋，几多聚散化为愁。

几经雨打风吹后，满地黄花积垄头。

九

爱笑姑娘背倚墙，前村邂逅李家郎。

未通名姓留微信，手捧新书曰《菊香》。

十

舍南舍北尽朝阳，篱外盆中各自黄。

飒爽英姿君借得，能伸能屈复能狂。

游花亭湖景区

西风禅寺

四围翠竹掩禅宫，竹外湖山几万重。
为播清音扬善举，朝朝暮鼓接晨钟。

情人岛

湖中小岛曰"情人"，一见情人好可心。
绿水逶迤花会意，青山曼妙鸟知音。

狄公亭

百姓镌铭情耿耿，鬼神叹服战兢兢。
千秋正大标青史，万古廉明做准绳。

橘子洲

层层翠黛天华顶，处处橙黄橘子洲。
逐浪金风来世外，含情白水到梢头。

乘快艇游湖

风生水起一舟轻，万顷波光不喜平。

山待波平湖欲静，千峰倒影缀天青。

六尺巷怀古

一

巷宽六尺任乘除，宰相英名着意书。
莫道千金终散尽，须知寸土不多余。

二

各让三分巷陌长，吴门气度不输张。
张公雅量吴知契，穿越人心隔阂墙。

文庙拜孔子

一

山如厚德海如名，山自巍然海自平。
山海尽头连碧落，一轮红日放光明。

二

不图富贵不图名，一自崎岖走到平。
行至骄阳当午后，和衣卧草晒心情。

巢湖游

一

且作巢湖半日游，波光万顷一扁舟。
未曾闲处思忙处，却看云头接浪头。

二

青天一粒夜光珠，坠入凡尘物象殊。
天上惊呼湖是月，人间坐拥月融湖。

三

彼苍欲饮自来沽，万里长江别酒壶。
醉在居巢清夜里，一天星月尽投湖。

香茗山野营

一

追求卓越勇登攀，斩棘披荆不畏难。
大汗含情淋石径，轻风放胆上旗杆。

二

蜿蜒山路短长亭，野兴攀爬总忘形。
绝顶何须朝下望，抬头揽月数星星。

三

野炊唯恐剩残汤，扫罢营盘又拾荒。
我为青山清龌龊，青山说我不肮脏。

珠珊湖偶成

大自然中学作诗，青山绿水两宜之。
青山抱水情常在，绿水环山意恐迟。

雨中游庐山

一路迷茫一路行，雨花飞过伞花迎。
花多笑脸山多雾，烟雨匡庐辨不明。

九龙涧

九龙美景问如何，百丈危崖故事多。
野树不愁花结伴，山溪汇入海扬波。

朱湘故里百草林留影

百草林中留个影，香樟翠竹弄身姿。

微风掠过朱湘宅，细雨飘来一地诗。

黄鹤楼怀李白

谪仙心事几人知，伫立楼头望眼痴。
如此江流如此月，为何搁笔不题诗？

百里（镇）石拱桥

咫尺天涯叹路遥，两山相对亦相邀。
民心托起通天道，百里长虹化彩桥。

长　城

远古墙垣厚且宽，龙行万里接云端。
至今无愧奇男子，沦落依然作景观。

蔡家畈古民居纪行

2010年5月9日晨，驱车前往蔡家畈采风，一路上烟雨迷离，车盘旋山顶，云雾重重。很多人埋怨天气不好，但我的心情不错。

一

烟雨迷离发浩歌，莫悲莫喜莫蹉跎。
随车登上青山顶，车似轻舟雾似河。

在蔡畈村活动室，与村主任殷文闯等诗友相互题赠，即兴赋诗二首。

二

山环水抱小村庄，石径梯田旧瓦房。
红日恐惊黄尾犬，迟迟不肯照东墙。

三

翠竹苍松画里栽，小河淌过赛诗台。
水中倒影鱼勾勒，头顶蓝天鸟剪裁。

蔡畈殷阮东先生，年过七旬，能诗文、具眼力、长于鉴赏，指点批评头头是道，因作诗以赠。

四

赏诗更比赋诗难，殷老先生不简单。

为避真金沉大海，应教青眼著《随园》。

在村支书家作客，女主人姓陈，热情大方，忙里忙外，殷勤劝酒，得诗一首。

五

调和五味色香齐，一会东来一会西。

解下围裙忙劝酒，贤良最是主人妻。

在村支书家，饮新茶，吃腊肉，喝锅巴汤，感觉味美可口，清香扑鼻，得诗二首。

六

烂漫山花别样鲜，农家待客礼周全。

清茶采自清明后，腊肉腌于腊八前。

七

松柴土灶煮锅汤，胜过开坛十里香。

岁月太平人念旧，思甜忆苦想粗粮。

蔡畈农民殷灿华，年过五十，未娶，种罢农田种诗田，笔耕不辍，写诗逾万首，惜未谋面。因作诗以记之。

八

吟风写月咏群黎，一脸辛酸两腿泥。

洒洒洋洋诗万首，倩谁记取作传奇。

卢沟桥事变七十八周年感怀

一

七十八年晨复昏，捐躯烈士梦犹存。
英灵托付娟娟月，鉴照斑斑旧弹痕。

二

岁岁清明祭国魂，尔来旧迹已无存。
莫非桥下潺潺水，就是当年碧血痕。

三

多少年来是与非，抗倭故事不相违。
泪飞但作清明雨，洒向无名烈士碑。

四

关河喋血恨难平，又听东洋拜鬼声。
恶贯满盈侵略史，卢沟朗月照分明。

五

志士心明如日月，匹夫肝胆两昆仑。
谱成抗日英雄曲，壮我中华民族魂。

志愿军夜战

分割包围战法新，夜间攻势典难循。
敌顽无奈仰天叹，太阳属于中国人！

怀宁人物

邓石如

耕烟钓雨半樵渔，第一声名四体书。
天下交游何所倚？芒鞋草笠小毛驴。

刘若宰

其貌不扬刘若宰，壬辰殿试中头名。
一时天意如人意，取士唯才日月明。

邓稼先

两弹元勋邓稼先，国家利益大于天。
为民打造除魔剑，隐姓埋名不计年。

焦仲卿

爱妻孝母两难全，小吏愚氓最可怜。
一纸休书终古恨，南飞孔雀自年年。

刘兰芝

柔肠热血孰高低？为爱轻生不足提。
世上但闻人魍魉，几曾见得鬼夫妻。

查海生

人言海子似朱湘，渺渺诗魂动上苍。
我道朱湘如海子，漫漫长夜作星光。

工薪人家

菜市买菜

提篮日日转圈圈，西拣东挑左右难。
羞涩钱囊连怨叹，黄瓜都要两三元。

上班途中

能遮风雨挡尘沙，二手原来也不差。
可恨年年油价涨，至今仍用电瓶车。

网上购物

任人讥讽任人嫌，网购衣裳只选廉。
今日省钱三五十，明朝买肉孝家严。

周末接伢

接送途中咕半天，女儿伏在母亲肩。
叮咛只要安心学，家里能筹补课钱。

卧室吟

一

小小蜗居八九方，一台电脑一张床。
清风惠顾心长健，明月常来未觉凉。

二

蜗居仄仄面朝阳，更有青云接上苍。
最喜晴明闻鸟叫，推窗极目看遐方。

品 屈 吴 禅 酒

一方美酒一方禅，酒醉心明意释然。

漠北沽来知己好，江南尝够月儿圆。

秋　晴

一任红妆淡绿妆，晴空万里最阳光。
白云千朵加千朵，鸿雁一行连一行。

| 咏　月

一身高洁挂中天，遍洒光明照大千。

清夜自来晨自去，不贪名节不求全。

庚寅中秋云转雨

登高望远辨虚盈，不识姮娥体态轻。
月本长圆人眼扁，云遮雨罩失分明。

观友人作画

勾皴点染不平凡，尺幅能掀百丈澜。
远近峰峦云渺渺，高低树木水潺潺。

题 照

雾锁晨曦一片红，瑶池几度梦魂中。
小舟撑出有缘客，渡罢迷茫渡罢空。

幸福家庭

幸福家庭乐满堂，夫妻执手下厨房。
调皮公主娇模样，小辫梳成火凤凰。

初恋女孩

传情短信打何来？窃笑低眉暗自猜。
不觉红云飞脸颊，桃花竞逐菊花开。

无 题

一

未必封侯能射虎，何妨隐寺著雕龙。
非凡每与平凡共，无限长存有限中。

二

星河不惑月相思，一夜心花发几枝？
春梦怡情连夏梦，午时忆吻到辰时。

三

一叶题诗逐小溪，莫言溪水淡无奇。
上阳宫女诗魂在，水作良媒叶养颐。

咏梅兼寄

不论浓妆与淡妆，岁寒唯汝吐芬芳。
风姿未肯人前卖，骨节由来雪里藏。

雪 梅

各有风姿各有胎，莫言梅雪两无猜。

雪花因妒梅花白，挤进严寒一并开。

嫦 娥

一望遥遥是广寒，仙人且作俗人看。
攀高识却天宫冷，付出身心为哪般？

驴 友

一生加减复乘除，踏遍名山阅尽书。

李白同游原是友，如今遭讽变为驴。

咏　犁

纵横阡陌走江湖，稳坐中军智若愚。
收获清名收获梦，托身牛后仗人扶。

卷二　诗·五绝

次韵谢吴老谬赞

一

问心无愧色，望鸟早藏弓。
已历风和浪，鱼儿不羡龙。

二

大浪君曾拍，狂风我自吹。
凡夫征腐恶，拔剑又扬眉。

三

安贫先励志，博爱早虚怀。
筋骨同颜柳，指桑不骂槐。

四

迎风须且直，立雪气能昂。
劲节从松竹，幽香胜野芳。

五

是非君不说，成败我无为。
酒饮前村雪，诗吟隔夜梅。

六

心琴悬胆剑，锦缎出粗纱。
欲雅休嫌俗，春泥更护花。

七

红日本无私，白云尤洁持。
阴晴天注定，舒卷两由之。

八

好山兼好客，宜雨复宜晴。
但爱诗中画，羞谈纸上兵。

九

人言雪似梅，纵怒远淫威。
我欲梅和雪，相期弟子规。

十

言谈非健将，举止半庸官。
一觉东窗白，清廉不屑贪。

赠根华挚友①

一

诗雄春润色，箭疾德为弓。
矢志强如许，池鱼可化龙。

二

马屁无私拍，牛皮不共吹。
谈兵愁片纸，献媚锁双眉。

三

默默耕耘志，洋洋造设怀。
腹中栽五柳，笔下种三槐。

①注：《赠根华挚友》为吴老先生原玉。

四

腰软心牵直，言微志主昂。
风狂扶正气，霜重护孤芳。

五

说人人不说，为事事难为。
略治霜和雪，韬扶菊与梅。

六

空拳无上剑，怒发有乌纱。
不怕风吹帽，龙山采菊花。

七

才私德不私，红瘦爱扶持。
功利谁无欲，唯君笑了之。

八

双肩挑日月，两眼度阴晴。
门外三千履，胸中百万兵。

九

骨同一束梅，立雪斗寒威。
报道春来早，催耕授子规。

十

诗坛称健将，税界数清官。
辞海求真字，宁贫不改贪。

咏开水瓶

惯藏真面目，爱着彩衣裳。
握手多寒意，交心尽热肠。

电　梯

能上复能下，有来还有回。
惯行方便事，不用别人催。

儿时上学

暮暮又朝朝，赤脚过石桥。
天上红日照，桥头冰未消。

秋 兴

秋雨纳微凉，秋风懒叩窗。

秋声咸入赋，并作煮茶香。

乡村记事

麻将夫妻

胖嫂呼开杠，猴哥喊坐庄。
庭前怜桂子，兀自吐芬芳。

空巢老人

一女奔南粤，三男下豫章。
白头如怨妇，寂寂守空房。

土地浪费

右舍添余屋，东邻盖瓦房。
如何三五户，占地两千方？

粮棉丰收

垄上棉花白，平川稻谷黄。
翻番愁物价，独不涨棉粮。

诗咏"两学一做"

学党章

初学

案头新党章，油墨沁芳香。

养眼添风景，修身作食粮。

重学

回回学党章，唯恐欠周详。

今又从头学，不辞篇幅长。

深学

党规和党章，咀嚼味深长。

但觉心头热，还余口齿香。

严学

欲求明事理，学必尽其详。

不用从严火，难熔合格钢。

悟学

岂能图享受，哪敢自逍遥。

从税须勤政，为民应折腰。

用学

宗旨牢牢记，条文字字明。

内当融入体，外要化于行。

学党规

学新廉洁自律准则

莫轻三百字，谨记四坚持。

凡事廉为上，大公而小私。

学新纪律处分条例

增删近九成，纪法两分明。

六类重归纳，同为度量衡。

做合格党员

做信念坚定者——向日葵

丹心永向阳，无语亦芬芳。

为葆身形正，不辞颜面黄。

做真理捍卫者——橡皮

蚀骨神尤健，劳形心自平。

污痕涂擦尽，真理赫然明。

做政治合格者——山溪水

性本山溪水，奔流做远征。

出山仍淡泊，不辱在山清。

做群众利益代表者——时钟

总在圆中走，何曾规外行。

声声皆警策，例作不平鸣。

做脚踏实地的落实者——老黄牛

任尔风和雨，管它晨复昏。

前行堪负重，一步一留痕。

卷三　诗·七律

花亭湖

一湖烟景半湖春，绰约多姿叹绝伦。
水有风情山有骨，红无俗气绿无尘。
溪流梦里鱼游静，鸟语声中客顾频。
仙境游来疑幻境，天光云影醉心神。

过西风禅寺登观湖楼

勿把秋心解作愁，莫辞乘兴一登楼。

抬头有别低头树，逆水无妨顺水舟。

镜里天青云掠过，山中地僻佛长留。

凡人不是参禅客，醒眼风情醉眼收。

禅源太湖赞

极目南楼画卷长，故园无处不风光。
山凭鸟语联高铁，水托渔舟载小康。
万顷平湖云点染，千年古寺客徜徉。
禅茶自有禅滋味，莫问闲来莫问忙。

金湖赏莲

万顷波光万顷莲，绿云盖地欲铺天。
几疑梦境融诗境，直觉荷田入砚田。
不染不妖凝正气，非枝非蔓领中坚。
清风漾起清廉韵，散作金湖德政篇。

登　高

纵目长天攀绝壁，我同松竹互搀扶。

林深野兔先开路，寺静山僧慢捻珠。

登顶原来云渺小，凌空仿佛月虚无。

万千思绪凭风力，百二关河接海隅。

新仓秋韵

山围碧水水围楼，小镇宜人恰值秋。
稻熟时分金失色，桂香村落月含羞。
虹桥放胆联高铁，玉带虚怀纳细流。
载入黎民多少梦，随风直上远行舟。

家乡春韵

一

沿河草色一时新，四望晴光叹绝伦。
桥架长虹龙饮水，花开油菜蝶撩人。
青篱院落桃含露，细柳村头絮作尘。
一路行来童叟笑，泥香沁肺爽精神。

二

说到家乡格外亲，山为眉黛水为邻。
青天朵朵云霞灿，紫陌重重栋宇新。
广袤田畴千顷碧，扶疏花木满园春。
红文似燕年年早，好趁东风会主人。

三

万紫千红拥一门，祖先住老惠民村。
昔年君贵非民贵，今日天恩是党恩。

德政花开新社会，文明旗卷锦乾坤。

农家幸有镰和斧，斩断贫根绝病根。

家山秋韵

松杉竹柏自成围，红缀枝头绿减肥。
满目流泉随意淌，一林候鸟待时飞。
冰轮梦里同圆缺，霜蕊丛中远是非。
但爱家山秋色好，每同春日斗芳菲。

三千寨太平天国遗址

方圆百里三千寨，天国遗存一梦中。

石砌城垣苔藓绿，血凝花色杜鹃红。

泉流借势分高下，鸟语撩人辨始终。

安得太平无战事，松风淡淡月融融。

游狮子山

清澈泉流石径弯，欲寻二祖访仙山。
一天云彩风梳淡，满树榆钱月吻圆。
远近峰峦同打坐，高低松柏共参禅。
今人悟得前人意，慧可通灵静可安。

游漓江

百里漓江百里诗，情移景转换新词。
一江风月随船漾，两岸峰峦对镜痴。
光影参差皆水墨，竹排摇曳半鸬鹚。
渔家妹唱刘三姐，响遏行云沁酒卮。

｜井冈山

大纛飘飘插井冈，朱毛会合不寻常。
一根扁担挑平等，八角油灯亮主张。
热血殷殷红土壤，群山莽莽绿汪洋。
回看古木参天立，叶叶长留日月光。

游韭山洞

一

乍看虽然貌不扬，大千世界腹中藏。
星辰日月无由醉，鸟兽虫鱼有梦翔。
四壁山河多幻影，几番风雨少连床。
经行窄处低头让，顿悟宽时应敛狂。

二

天公一炉雨飞扬，侠骨柔情入洞藏。
山岳潜形容虎踞，溪潭蓄势待龙翔。
贵妃偏爱云裁被，太祖曾将地做床。
莫笑头颅低一等，丈夫能屈始能狂。

南京明城墙

十朝都会话沧桑，六百年来第一墙。
有垛有门皆智慧，无砖无瓦不风光。
龙盘虎踞形随势，水抱山环圆逐方。
但看铭文怀大匠，血凝青史姓名香。

南京明城墙申遗有寄

雨雨风风六百年，一砖一瓦梦相牵。
依山造势神尤足，抱水凝魂骨更坚。
取象纵藏南北斗，铭文莫辨死生缘。
申遗应识护遗事，月照秦淮夜不眠。

桃　花

娇花照水水清清，满面含羞体态轻。
媚若和风传蜜意，柔如细雨做人情。
有心联袂潭中影，无愧齐肩柳下名。
相顾不言蹊自在，山头一树一春晴。

邮 票

寓古融今入寸方，大千世界此中藏。
星云日月随缘聚，鸟兽虫鱼逐梦翔。
水意山情皆别致，人文地理不寻常。
一枚邮票一张画，画里心花画外香。

都匀毛尖茶

毛尖自古出都匀，开水冲开片片春。
曼妙身姿多绰约，柔和汤色好清纯。
诗中借得三分幻，酒里偷来一味真。
我醉香茶茶醉我，又修风骨又提神。

靖州杨梅

神州第一问如何？靖县杨梅美誉多。
渴付千军消酷暑，贡呈万岁赏姣娥。
高天育出神奇种，大地吟成幸福歌。
树树酸甜皆是梦，年年夏至沐春波。

桃林酒

冉冉东升日一轮，桃林扮靓马陵春。
连天古道容虽改，可口龙泉味更真。
山水忘情添逸趣，农商筑梦焕精神。
但闻金桂偕银桂，惹得仙人羡酒人。

香溪书院

香溪风物问何如？一馆能藏万卷书。
借得灵山涵气象，引来秀水种芙蕖。
随形造势经连纬，化古融今实共虚。
大美安康同筑梦，秦头楚尾任乘除。

刘三姐故里赞

人间大美在宜州，水碧岩奇古洞幽。

驴客纷从霞客至，诗人每逐道人游。

骑云石外匆匆影，泣血崖前黯黯愁。

最是壮乡歌不断，连山叠海塞河流。

和谐村寨

足食丰衣一局棋，鸡鸣犬吠总相宜。
儿童嬉闹田头树，妇女闲聊屋后篱。
淡淡花香春暖日，斑斑竹影月明时。
平安村寨和谐梦，不锁门窗不拾遗。

山村偶成

鸟入松云梦亦香，鸡鸣犬吠尽华章。
一溪流水浓浓墨，卓午炊烟淡淡妆。
欲寄清心梅雪白，常持劲节菊金黄。
山村最是安身处，岭上人家竹做墙。

美丽乡村

沼气多情献寸丹，自来之水讨人欢。
陶缸暂且还装米，宝马从兹不配鞍。
红伞校门花事盛，绿荷湖面雨珠圆。
村头小店标新异，撇下算盘敲键盘。

咏 孝

浩渺星空亮点多，千秋大义灿天河。
不求金玉盈仓庾，但愿儿孙学蓼莪。
敬老尊贤敦教化，崇文尚德致中和。
弘扬孝道传承爱，都是人间正气歌。

｜象　棋

一会西来一会东，楚河汉界两条虹。
求和只为难求胜，逼子安如直逼宫。
近处卧槽宜放马，远程发炮胜张弓。
学成攻守平衡术，出入人生棋局中。

吊屈原

江流滚滚浪滔滔，洗白冤魂定坐标。
死后英名唯爱国，生前绝唱数《离骚》。
龙舟应识沉舟重，春树曾闻病树高。
一地诗人怀屈子，诗人节里涌诗潮。

怀恽代英

浪迹江湖抱在襟，手书口说尽强音。
唤来民族危亡感，抓住青年进取心。
挫折无妨豪气足，艰辛岂惧冷霜侵。
传扬马列先行者，革命精神耀古今。

咏郑板桥

笔下新篁纸上兰，十分滋味九辛酸。
翻风覆雨纾民瘼，插地穿天起海澜。
百节长青疏更密，四时不谢暖还寒。
诗书并画称三绝，悟得糊涂是最难。

赞农业示范园园主

又养鸡来又养鹅，满园花木满园歌。
抛秧有助秋收稻，种藕无忘夏赏荷。
政策随心山变玉，春风得意海扬波。
谁人引领全村富？不让须眉一素娥。

空巢老人

可怜留守白头人，怕误农情怕误春。
瓜果地头才淌汗，棉粮田里又躬身。
无门可串孙添堵，有病难医媳较真。
寂寞空巢谁过问？漫漫长夜数星辰。

孝　媳

入夜归来不着慌，更衣洗手下厨房。
油盐酱醋融星语，锅碗瓢盆带月光。
先取炭炉熬米粥，复生柴火做羹汤。
盘中美食心中爱，代代传承代代扬。

题 照

动如飞瀑静如丝，秀发平添妩媚姿。
唇口樱桃红腼腆，眉尖粉黛碧参差。
肤凝白雪神尤健，目送清波气自持。
最是秋心藏故事，叫人怜惜叫人痴。

瞻仰抗日无名烈士碑作

取义成仁赴国殇，一腔碧血洒疆场。
生经白刃头颅贵，死盖红旗骨节香。
但有灵魂垂不朽，纵无名姓又何妨。
丰碑半在人心里，半在青山做脊梁。

旧生育观念之批判

旧时观念一何愚！男女缘何地位殊？

不虑群龙游浅水，偏忧孤凤占高梧。

拖儿挈女愁添额，积弱甘贫泪向隅。

封建残余全扫尽，优生节育是良图。

写讽喻诗

车行万里路条条，耿耿情怀是坐标。
重义轻权名自好，寡廉鲜耻位能高？
偷油老鼠人人厌，换酒先贤个个豪。
我劝诗家多笑骂，刺贪刺虐笔如刀。

建党93周年暨抗战胜利69周年感赋

南湖曙色透微茫，百万工农有主张。
山海何辞星月冷，卢沟岂惧虎狼狂。
战天斗地酬民愿，取义成仁赴国殇。
九十三年薪火继，外清妖氛内图强。

甲午海战一百二十周年感赋

家仇国恨问如何？甲午重逢击筑歌。
守旧难堪新世界，偏安辜负好山河。
丧权条约头颅贱，积弱疆防血泪多。
前事不忘师后事，警钟常响剑常磨。

从税二十年忆一线征管岁月

二十春秋一梦牵，曾经沧海阅桑田。
深山踏遍峰三百，旷野行穷路八千。
过往前村尝腊肉，流连后寨饮清泉。
心头税事同家事，足底晴天复雨天。

国家废止农业税感赋

一花绽放百花芳，八亿农民不纳粮。
梦里萦回唐社稷，心头舒卷汉文章。
蓝天碧野牛羊壮，北地南疆稻麦香。
改善民生从税起，千秋史鉴著皇皇。

响水建县五十周年有寄

建县如今五十年，一重风物一重天。
淮河入海无缰系，杜仲还乡有梦牵。
浅水宜荷多种藕，平原利稻广栽棉。
百强榜上声名振，万绿丛中人月圆。

惠民村部大楼竣工有作

三千父老事农桑，一地丰饶半县粮。
不息长河奔大海，新匀嫩绿缀鹅黄。
纵横道路先张网，栉比楼台又启航。
遥望东南云五彩，惠民村部顺天忙。

参观太湖石姓始祖墓

一山风物问何如？隔世能通两地书。
暖阁晴亭充耳目，苍松翠柏化肴蔬。
英灵托付老樟树，忠节镌成百石图。
醉里神游疑幻境，醒来始识是匡庐。

旅行看人口与生态

来来去去看人头，锦绣山河怨未休。
日朗天清原有道，儿多福厚本无由。
风沙肆虐林消瘦，烟雾迷茫水滞流。
不忍凭高抬望眼，山光物态顿生愁。

七　夕

年年此夜诉衷情，善欲栽培恶欲倾。
脉脉双星怜素洁，盈盈一水叹清莹。
秋潮纵共心潮涨，匣剑难随胆剑鸣。
岁岁鹊桥连旧梦，还从旧梦向新程。

饮国窖 1573

客到泸州索酒尝，一盘麻辣佐琼浆。
开瓶顿觉风神俊，把盏难言口舌香。
自是典型承古法，哪知真味出原粮。
百年老窖千年梦，醉美绵甜意蕴长。

次韵《做人难》赠友

蜀道如今已不难，愚公何必去移山。
寰中宇宙同遥感，天上人间尽豁然。
但有儿孙知礼义，更无门第重衣衫。
诗翁八十身常健，出没风波坐钓船。

次韵吴老陪诗友游泊湖

且携山色看湖光，任尔春残尽卸妆。
耳畔清风梳乱发，源头活水鉴方塘。
渔家晒网缘张网，官府补墙曾拆墙。
我是农人知稼穑，心田种善不抛荒。

次韵读《不言禄集》抒怀

满卷珠玑半世功，情怀恰与谪仙同。

人言笔落惊风雨，我道诗成泣鬼雄。

度外求真虚也实，个中藏巧拙还工。

几根傲骨横天下，泊水茗山唯醉翁。

重来苗石赠吕老

一曲清溪弄古筝，夕阳波影灿盈盈。
青山借得时新韵，白发吟来不老情。
目下田园皆地利，胸中海岳尽天平。
吕家湾里如椽笔，笔底春秋任纵横。

和铜人君咏梅

纵使寻常貌不齐，莫从盛誉说跷蹊。

盆中削瘦培新土，雪里添肥写旧题。

香取七分偷自桂，白遮三丑借来梨。

人生老去尤高洁，结伴梅妻并作泥。

次韵陆老省诗词学会换届作

一句吟来费半天，几多心语不言传。
韩苏纵入春宵梦，李杜难凭夏日缘。
好景偏劳情布局，微才窃喜德谋篇。
平生最爱诗三百，总把韶华作砚田。

次韵吴义恒先生致地税局

万里长空振翅飞，高鸣唤得彩云归。
为挑国脉千斤担，早敞心门一扇扉。
治税严明廉育美，做人公正信生威。
衣蓝敢与天同色，日月光华耀璧晖。

赠 友

秋水文章不染尘，惯于俗世写禅心。
来为倜傥风流客，去是光明磊落身。
明辨笃行仁近勇，修身报国朴含真。
莫愁前路无知己，天下谁人不识君。

和某友《无题》

莫言世事总艰难，醒眼无如醉眼看。
不恋江南花色好，何愁漠北朔风寒。
功名淡尽千般味，肝胆浓余一寸丹。
借得糊涂能下酒，去来买椟把珠还。

和郑永铃先生咏马

赤兔追风常向月，龙文望影不须鞭。
行空意态奔如电，闯阵精神猛若川。
塞外三思元是福，崖前一勒又经年。
早知此马非凡马，叵奈人吟指鹿篇。

建党93周年赠友

岳阳楼上计流年，忧乐从头辨后先。
舍己精神唯许国，悯人心事不悲天。
宽怀胜过回春药，醒世长如逆耳言。
君是党员心向党，虽曾解甲未荒田。

读何大胜先生《逸兴集》并赠

浮沉身世几人知？寄爱林泉半是诗。
冷暖穿肠浓淡酒，兴衰过眼纵横棋。
造田担土肩唯硬，种竹栽花意恐迟。
最是诗乡旗一举，风云草木济春时。

赠林业人

熙湖大地任君行，万水千山总是情。
紫绶金章非富贵，蓝天碧野即清平。
荒冈挂彩春风劲，科技兴林国策明。
自古文明连绿色，一花一草一心声。

呈老寿星冯炳南先生

一面之缘记一生，仙家气象俗家惊。
谈诗只道他人好，向善唯求本性明。
龄纵悬殊呼小友，文虽拙劣予高评。
清奇骨骼亲和力，叫我魂牵梦也萦。

贺吴老八十大寿

草根何碍大诗人，一点凡心半脱尘。
得韵频传风雅颂，经霜复历夏秋春。
高才根植新生活，雅量情融旧苦辛。
今日八旬同举酒，南山北海尽为邻。

贺詹乐元先生光荣退休

金匾红花夺目光，先生不让少年狂。
家山种竹枝枝秀，税海淘沙粒粒香。
六十春秋诚有则，大千世界爱无疆。
宏开韵律新天地，再写风流笔做枪。

贺吕兄五十生日

半百江湖指顾间，已然知命淡云烟。
梦中佳构宜风月，酒里豪情近圣贤。
但爱妻儿称富贵，不图名利赛神仙。
弄潮税海终无悔，为有童心似少年。

贺苗石诗社成立

诗兴长如酒兴豪，这山呼唤那山高。
一林鸟语通平仄，四壁松风合切嘈。
光影参差皆韵致，溪流缓急尽歌谣。
乡村自此人陶醉，不羡蓝天种碧桃。

贺华兴公学诗词学会成立

树木树人年复年，一枝一叶梦相牵。
花繁仿佛平连仄，果硕诚如句结篇。
化作清音歌德业，凝成墨雨润心田。
诗词虽小文明大，又净灵魂又净天。

遇故友置酒忆从前山乡豪饮岁月

一醉方休兴未休，相逢痛饮忆从头。
前村后寨东山岭，苦菜毛糟腊肉油。
豪气干云无老少，笑声盈耳有觥筹。
酒中但得真情在，不信时光不倒流。

探望老师归来

当年碧草茶园地，惠我春风雨露恩。
岂料才情无奈命，哪堪世事有如云。
孑然身影怜多病，卓尔襟怀叹不群。
千里驱车相探视，归来泪雨乱纷纷。

赞导游

一路风尘一路歌，导游小妹笑呵呵。
憨憨脸色融春色，耿耿心窝溢酒窝。
送水端茶行缜密，嘘寒问暖气平和。
红裙得体肤如雪，不抹胭脂自袅娜。

人武部扶贫助学赞

不论亲疏只济贫，遍施仁义到柴门。
解囊慷慨酬宏愿，积德精诚励后人。
今日苗株承雨露，他年梁栋满乾坤。
人民军队人民爱，一片丹心一片春。

兔年春训会抒怀

玉兔迎春今又至，如诗岁月续华章。
声声爆竹声声脆，点点梅花点点香。
蓝海弄潮风破浪，大江唱皖凤朝阳。
和谐兴税人为本，唯德唯才济八方。

秋 兴

清溪绕过碧山头，菊上篱笆竹掩楼。
初艳时分香解困，乍凉天气径通幽。
疏钟自出僧家院，明月何来俗世愁。
莫若抱琴敲韵律，又吟风雨满城秋。

怀范仲淹

家国萦怀半是愁，诗魂夜夜岳阳楼。
吴山点点兴衰事，楚水遥遥载覆舟。
共贯九州期一统，同风六合自淹留。
一从勘破忧和乐，方寸之心天地收。

忆 师

化雨春风一扫愁，树人树木树高楼。
画蛇从此羞添足，求剑如今不刻舟。
得意美文君赏读，醉心微笑我长留。
师生合影厅堂挂，毕业箴言肺腑收。

｜ 述　怀

我自疏狂不说愁，但求极目上层楼。
书山隐隐仁为脊，尘海茫茫义作舟。
富贵荣华随雾散，文章道德与时留。
休言税吏心胸小，也把民间疾苦收。

自　警

清浊江湖黯黯愁，青楼染色变红楼。

青红不是修身地，济善方为渡劫舟。

无欲襟怀松竹共，有情云梦海天留。

春花秋月勤珍重，诤友金言一并收。

自 励

何须无故起闲愁，欲上凌云百尺楼。
早趁年华磨铁杵，不耽时日过轻舟。
昼长朗诵陪蝉语，夜静低吟把月留。
读破前贤千万卷，阳春烟景任凭收。

寄　怀

一

寄爱何尝未结愁，多情对月上西楼。
青春作伴仁为伴，风雨同舟义亦舟。
圆缺无痕云影瘦，去来有信雁声留。
平生不做亏心事，纵可横眉放可收。

二

明知酒不解真愁，却道风多困小楼。
念想催诗寻好句，心潮激浪拍兰舟。
晴空鹤舞云非远，雨巷梅香我且留。
昔日长缨仍在手，几时能放又能收？

癸巳春日抒怀

平生不羡春添彩，但爱帘前草色青。
心镜无尘犹拂拭，砚田纵雨亦晴明。
扬清激浊东流水，把酒临风北固亭。
怕醉烟霞迷晓梦，时吟日月照前程。

咏黄梅戏兼贺第六届艺术节

一曲和谐唱大千，几番锣鼓颂华年。

长街老巷泥新韵，绿水青山带笑颜。

才打猪草观灯会，又歌牛女配天仙。

乡音最爱黄梅调，戏里春秋戏外天。

凤阳行

一

千里驱车到凤阳，一番晴雨一炎凉。
禾苗淡去川原渴，商贩吆来岁月忙。
史上风云曾过往，眼前尘土历兴亡。
骚人喜咏沧桑事，留下精神做食粮。

二

八皖骚人聚凤阳，诗家怕热择秋凉。
昔时雅韵今时盛，一日闲庭百日忙。
快借清词消暑气，莫辞美酒醉他乡。
吟坛建在和弦上，但有心音自绕梁。

中秋望月

一

一轮明月照天涯，几许秋思托桂花。
碧野埋名何必锁，青春醒酒不须茶。
凭心莫计人非我，率性由它正似邪。
家国情怀谁与共？一轮明月照天涯。

二

对月怀人倚桂花，玉轮冰魄照无涯。
但凡来去云为伴，何必分离酒当茶。
史鉴留名非富贵，青春焕彩自光华。
情怀一共团圆事，万里清辉遍万家。

次韵唐佳安徽诗词五代会即兴

笔挟风雷动九州，诗家境界险中求。
才随白日山中尽，又逐黄河天上流。
炉火煮茶香有数，心音和酒韵无休。
三千骚客庐阳会，欲筑凌云百尺楼。

次韵友人藏头诗

根比虬龙干比峰，华山泰岳有行踪。

先天不夺青云志，生传长歌赤子忠。

身外浮名名渺小，心头明月月圆融。

康庄大道和谐世，健步东西南北中。

读聂君诗感赋

莫恋吟台莫恋花，千声百啭尽芳华。
西墙明月方成梦，东阁流光已似霞。
红瘦绿肥长夏酒，雨微风细早春茶。
一支大笔描天下，半点诗心哂自家。

卷四　诗·五律

游香茗山

又是一年秋，清风约我游。
树高云歇足，山险寺低头。
林鸟真轻快，崖花好自由。
去来同阅世，钟磬两悠悠。

西风寺赠山僧

世俗元非俗，僧人也是人。
过湖携水色，入寺洗风尘。
鸟语经年伴，松声八面邻。
去来循石径，上下可延伸。

从情人岛到博士岛

北岛奔南岛，天容悦水容。
波光多是雪，山色半为松。
博士疑曾见，情人叹未逢。
但观垂钓者，端坐一如钟。

黄河石林

鬼斧神工石，千姿百态林。
峰回沟曲曲，壁立剑森森。
风雨难移志，炎凉不变心。
黄河从此去，一路有知音。

鄱阳湖莲

鄱阳万顷莲，盖地欲铺天。
叶碧湖如染，花红瓣若燃。
白云成伙伴，皓月续姻缘。
一自清风起，幽香半入禅。

咏向日葵

绿叶扶清影，丹心托太阳。
有情皆热烈，无语亦芬芳。
为葆身形正，不辞颜面黄。
一朝花结籽，众口齿留香。

咏屈吴山

陇上闻名久，今朝客里游。
云轻天浩浩，寺古磬悠悠。
乔木扶春嶂，清泉绕画楼。
红军从此过，雪岭也低头。

咏佛子岭水库

千溪汇碧泓，一坝锁蛟龙。
客钓烟霞外，山潜云水中。
光明欣作使，岁稔喜推功。
但爱淮河治，金波映日红。

游岳西睡佛山

三春到岳西，一路草萋萋。
溪水悄然过，娇莺自在啼。
穿林知树密，登顶觉天低。
坐爱山如佛，尘心不染泥。

｜ 咏 柳

二月晴光好，春风动柳条。
依依初学步，袅袅半藏娇。
临水怕污水，低腰不折腰。
风情千万种，难写复难描。

咏贵宾宴酒

味比瑶池液，风神留典册。

长怀不世情，醉倒他乡客。

早识有刘伶，未闻无李白。

一杯复一杯，对月成高格。

洪泽县建县六十年有寄

一肩挑两湖，淮上嵌明珠。
但看交通畅，还惊物象殊。
好山兼好水，宜业复宜居。
中国百佳县，东风把梦扶。

《白银日报》创刊三十年有寄

创刊三十年，岁岁梦相牵。
路辟寻常径，源开别样泉。
编排精又细，网络大而全。
党政称喉舌，系民还系天。

长征胜利八十周年有作

道是宣传队，诚为播种机。
千寻双脚板，万里一戎衣。
测地关山险，量天空气稀。
江南移陕北，史鉴著光辉。

李文朝到皖考察验收感赋

暑退神尤爽，秋澄菊正开。
初凉随雁至，嘉客自天来。
山水邀吟咏，风云任剪裁。
江淮多胜境，最美是诗台。

禁毒有感

禁毒思元抚，销烟忆虎门。

可怜驹过隙，未见病除根。

蚀骨人心散，吞云日色昏。

伏维持利剑，扫瘴净乾坤。

林则徐赞

卅余年宦海，十四省征程。
眼底波澜阔，心头日月明。
销烟书壮举，治水著英名。
西学能东渐，大旗君独擎。

咏王力

论文皆似玉，专著悉如珍。
治学严为要，培桃德作邻。
曰专还曰博，求实复求新。
融会中西者，贯通今古人。

无为县怀戴安澜将军

西北山犹在，东南水亦随。

卧牛来可阻，飞凤去难追。

正气融清气，无为即有为。

安澜何壮烈，殒命铸丰碑。

开春寄友

又是春时节，天寒暖意融。
既闻鞭炮脆，莫负对联红。
山远云捎信，路长车舞龙。
相期留一醉，把酒话东风。

甲午国庆

风云甲午年，家国历重天。
习李施新政，言行法古贤。
清心心不腐，枕梦梦尤甜。
佳节民同庆，和谐唱大千。

乙未之春

一季多淫雨，绵绵未肯休。
花残红褪色，柳怨绿生愁。
疑是苍天哭，徒增百姓忧。
何当风日朗，乘月上西楼。

三八节有作

垂柳丝丝雨，丛兰勃勃春。

迎来三八节，洗去万千尘。

娇态能迷路，幽香自醉人。

无心言抱负，有梦得纯真。

清明节进山

岂止九回环？连绵十八弯。

初愁车塞路，复患火烧山。

合族人虽众，分流水始潺。

祖先崇节俭，可愿比和攀？

中元节

岁岁中元节，家家化纸钱。
青烟穷碧落，灰烬下黄泉。
既许功名愿，还谋富贵篇。
唏嘘人念杂，何事苦求全？

留守女自述之一

夫是离乡客，我为留守人。

出门祈富裕，入梦享清贫。

昨日凭微信，今朝约视频。

始知劳动节，放假不停薪。

留守女自述之二

农民无节假，却是自由身。
阴雨家中歇，晴和垄上巡。
得闲游网络，抽空走亲邻。
最喜观央视，天天话脱贫。

诗酒人生之一

好友时时聚，诗人处处家。

才吟梅影瘦，又酌月光斜。

未必言如玉，何妨酒当茶。

相逢求一醉，老窖发新芽。

诗酒人生之二

一杯清淡酒，荟萃八方宾。
学富书藏腹，文穷德买邻。
无官矜骨节，有梦养心神。
室雅何须大，诗花朵朵春。

次韵吴老

未识完名节，常怀不老春。
晨钟形有致，暮鼓响无痕。
落座先施礼，和诗各抚琴。
一人持一调，合奏胜禅音。

答兰室清风

久仰君名姓，清风兰室中。
诗文频见影，过往每潜踪。
鬓发霜边白，形神雪里红。
去来同属梦，何乃太匆匆？

｜ 自　励

天地孰为贵，乾坤只此生。
须臾今变古，转瞬浊还清。
脚下山河秀，心头日月明。
等闲休驻足，一步一收成。

卷五

词

满江红·龙潭古寨行

古寨清幽。人道是，烟村云屋。经行处、小桥无虑，松风有脚。曲巷回廊镶典雅，粉墙黛瓦凝斑驳。去来客，到此昧虫鸣，尝藜藿。

山溪好，真洒脱。擂石鼓，歌韶乐。展平生襟抱，涤污除浊。早岁闺中萦旧梦，今朝出阁盟新约。与长河，共赴太平洋，同求索。

满江红·纪念建党93周年暨抗战胜利69周年

九十三年，经风雨，功彪史册。曾记否，内忧外侮，山河滴血。东北硝烟弥漫后，卢沟烽火燃尤烈。霎时间，遍地尽哀鸿，金瓯缺。

乌云散，车尘灭；家国恨，倾情雪。自平型关上，台儿庄侧。入死出生驱日寇，扬眉挥剑除蛇蝎。看中华、筑梦固长城，歌飞越。

水调歌头·印象牛镇

干净新街道，仿古马头墙。花湖万顷，平镜云影叠楼房。小艇如风轻快，间有扁舟桂楫，闲坐钓山光。渴饮山泉水，一口一清凉。

禅源地，文脉远，韵流香。狮山如此苍莽，卧佛半诗行。对此溪潭澄碧，欲语松萝禽鸟，结伴事农桑。家国同圆梦，琴曲舞霓裳。

高阳台·怀人

新梦留痕，南楼顾影，姮娥柳叶弯弯。驻足闻香，朱唇笑语回环。纤纤素手纤纤指，捋鬓云，妆点眉山。恁多情，浓了芳华，薄了衣衫。

当年故事凭谁诉？怅灯前纸笔，月下栏杆。欲寄相思，相思不减宵寒。推窗放入峰峦色，近黎明，始觉更残。最难堪，不是分离，却是团圆。

南乡一剪梅·赴亳州参加全省诗词工作会议

家国正和谐，八皖诗花映日开。纵览前贤瞻北斗。老也曾来，庄也曾来。

何处是天阶？为访仙踪踏碧苔。大好山河清气在。世跻春台，人跻春台。

临江仙·牛镇行

风到狮山怀梦，云来薛义同春。花明柳暗遍游人。禅音 无世故，
诗脉有天真。

最爱一湖如镜，尤怜万壑流银。山乡喜讯报重门。红文传惠政，
绿地起新村。

临江仙·鑫福嘉园养老产业赞

　　鑫福嘉园生态好，大金山下安家。一湖碧水四时花。幽居谁不爱，绿野足堪夸。

　　活动中心人气旺，尔来休问年华。张张笑脸灿如霞。红裙玩自拍，白叟话桑麻。

临江仙·次韵陆世全先生

梦里桃源寻指点，忽逢南极仙翁。未曾解梦问周公。金钱非福寿，豁达尽归童。

家国情怀何所似，一如暮鼓晨钟。风声雨点类哀鸿。无心留朗照，有信与天通。

鹧鸪天·游大别山映山红生态大观园

好景长随山叠山，一山放过一山拦。尽舒眼界春如海，半敞胸襟气似兰。

花簇簇，火团团。几经风雨艳能燃。东君不计花开谢，自许啼痕托杜鹃。

| 西江月 · 湖外湖一日

山外白云缥缈，山头红日矜持。几回同我结相知，鸟作传音青使。

石径清幽如梦，柳条柔嫩如丝。一轮明月一湖诗，水蕴空灵文字。

西江月·寄友

　　莫道青春美丽，休言日月光华。旧时心事似残霞，直待夕阳落下。

几度柔情似蜜，一番笑靥如花。轻车驰过玉门斜，魂魄常萦牵挂。

西江月·千菊茶庄饮菊

风细茶闲烟淡，水清树绿天蓝。岳家湖畔醉犹酣，不觉星明月暗。

饮则养心明目，餐之似苦还甘。种花千亩市东南，种出人文典范。

西江月·漾濞核桃

梦绕神奇漾水，魂萦大美苍山。风骚独领几千年，打造一张名片。

最爱味香仁厚，尤怜壳薄油鲜。核桃产业一方天，浩荡东风无限。

｜ 卜算子·爱莲说

花是向阳花，叶是擎天叶。但濯清涟不染尘，历雨香弥切。

何事水乡人，偏爱泥中物。修得莲心似我心，纵苦情难绝。

｜ 卜算子·酒

义是酒中魂，酒是平生友。处世无奇但率真，明月时时有。

酒品见于人，人品融于酒。解取金龟换取心，换得人长久。

浣溪沙·次韵郑永钤先生

尺树由来恋寸泓，方塘半亩本源澄。几回烟雨且亭亭。勒石皆缘名姓浅，参禅未必梦魂轻。湖山任我踏歌行。

浣溪沙·弈棋

坐对青山不占先，马飞车跃炮纠缠。一招闲着两平安。明月邀来同我醉，清风借与别人餐。任它松子落棋盘。

浣溪沙·填词

山不吭声风弄姿，树曾陪泪雨调皮。几回拈韵入诗题。白鹤因缘堪作子，红梅造化岂非妻。举杯邀月莫相疑。

丑奴儿·相逢

相逢快意何妨醉，笑骂由人，笑骂由人，一任疏狂一任真。人生弗意何妨醒，爱恨随心，爱恨随心，半逐清风半逐尘。

巫山一段云·过徐桥古镇游杨泗寺

老路铺青石，新楼映碧波。嫩风柔雨柳婆娑，湖外画图多。古刹幽还静，僧徒起复歌。心平何必念弥陀，罗汉笑呵呵。